POÉSIES

PAR

M. PIERRE BATLLE.

PERPIGNAN.

IMPRIMERIE DE J.-B. ALZINE.

1839.

Poésies.

POÉSIES

PAR

M. PIERRE BATLLE,

EXTRAITES

DU QUATRIÈME BULLETIN PUBLIÉ PAR LA SOCIÉTÉ

PHILOMATHIQUE DE PERPIGNAN.

PERPIGNAN.

IMPRIMERIE DE JEAN-BAPTISTE ALZINE.

※

1839.

HUMILITÉ DANS LA FOI.

—

A MON AMI J. M.

*

Savants, le sage a dit que tout est vanité.
La science de l'homme est son humilité.
GUSTAVE de LANOUE.

Oh! que ne suis-je un aigle! et, déployant mes aîles,

Que ne puis-je, avec toi, des voûtes éternelles

Affronter les hasards,

Voir rouler à mes pieds les globes dans l'espace,

Et de l'astre fécond dont l'éclat les efface

Soutenir les regards!

1

Que ne puis-je, au-delà des sources de l'aurore,

Précipitant mon vol, monter, monter encore,

Comme en un char de feu ;

Et, dans ce vaste azur, dans ces flots de lumière,

N'arrêter mon essor, ne baisser ma paupière

Qu'à l'aspect de mon Dieu !

Mais je ne suis point fait pour ces routes sublimes,

Pour fouler des soleils, et, sondant les abîmes

Du doute et de la foi,

Pour guider vers le jour les yeux de l'incrédule,

— D'Hugo, de Lamartine harmonieux émule,

Fier aiglon comme toi ! —

Timide oiseau des bois, la paix de mon asile,

Le printemps qui m'appelle ou l'hiver qui m'exile,

L'air embaumé des champs,

Mes tapis de gazon, mes dômes de verdure,

Mon duvet, ma couvée et mon filet d'eau pure :

Ce sont là tous mes chants.

Et tandis que, t'ouvrant des routes inconnues,

Tu vas, loin de nos yeux, te perdre dans les nues,

Plonger dans l'infini,

Mon aîle voltigeante effleure le rivage,

Et ne peut s'élever qu'au niveau du feuillage

Où je suspends mon nid.

Soumettons-nous ; restons dans les sombres vallées

Où Dieu voulut cacher mes timides volées

Et mon chant ignoré.

Elançant ta pensée aux sources de son être,

Tu sauras l'expliquer, tu le feras connaître ;

Moi, je le bénirai.

Mais, pour la regretter, cette sublime gloire

De tout approfondir, tout, avant de rien croire,

N'a-t-elle aucun danger ?

Aux yeux de l'Éternel, que notre orgueil irrite,

Elle nous fait, au moins, perdre, hélas ! le mérite

D'avoir cru sans juger.

Et que d'hommes par elle égarés dans leur route!...

Un esprit, dans sa foi, conçoit un premier doute,

Et, rêveur, le poursuit ;

C'en est fait... Le voilà roulant dans la matière,

Et l'imprudent, parti d'un foyer de lumière,

S'est jeté dans la nuit.

C'est qu'on ne doit jamais dépasser la limite

Sans regarder, souvent, et le point que l'on quitte

Et le but devant soi ;

Il faut, dans ces chemins que l'homme se confie

Aussi bien qu'au flambeau de la philosophie,

Au flambeau de la foi.

Le premier seul n'aurait que des clartés funestes.

Il égara Byron, des extases célestes

Ange deshérité,

Byron qui, pour les Grecs, s'armant contre leurs maîtres,

Ne voua point son glaive au Dieu de ses ancêtres,

Mais à la liberté.

La liberté! pour elle il brave la tempête,
Pour elle, dédaignant les lauriers du poète,
　　　Il en rêve un plus beau,
Celui de la victoire... il combat, le moissonne;
Mais ô regrets! bientôt cette vaine couronne
　　　Sèche sur son tombeau.

On dit que le poète, à son heure suprême,
L'œil tourné vers le ciel, semblait contre lui-même
　　　Y chercher un appui,
Et frémissait, plongé dans un sombre délire,
Comme si le néant, qu'avait chanté sa lyre,
　　　N'était plus devant lui:

Tant d'efforts, de travaux, de rêveuse harmonie,
Tant de climats lointains que son ardent génie
　　　Mouilla de ses sueurs;
Et le voilà qui tremble, à son heure dernière,
D'avoir, ô vérité! pour ta pure lumière
　　　Pris de vaines lueurs!

Ah ! puisque des tourments et des incertitudes

Sont les seuls fruits que l'homme, au sein de ces études,

Ait jamais pu goûter ;

Puisque, en voulant sonder les divines merveilles,

Pour prix de tant de soins, de fatigues, de veilles,

Il n'apprend qu'à douter ;

Éloignons des pensers qui, troublant cette vie,

Peut-être pèseront sur l'âme poursuivie,

Quand l'autre brillera ;

Jouissons du soleil, marchons à sa lumière,

Sans chercher où commence où finit sa carrière,

Si le temps l'éteindra ;

Et, dans la paix du cœur coulant des jours prospères,

Laissons-nous tous aller à la foi de nos pères,

Héritage vivant,

Comme l'oreille aux sons d'une lyre facile,

Comme aux vagues du fleuve une barque docile,

Comme la feuille au vent.

Déjà morte!

La providence te fait grâce
Des jours que tu devais couler.
RENOUL.

Déjà morte!
O douleur!
Elle emporte
Tout mon cœur;
Pure étoile
Qui se voile
A ma voile....
Pauvre fleur!

A l'haleine

Du zéphyr

Prête à peine

A s'ouvrir,

De rosée

Irisée...

Et brisée!

Et mourir!

En ce monde

C'est le sort;

Rose et blonde

On s'endort;

Front d'élite,

Luth qu'on cite,

Vont plus vite

A la mort;

Jeune fille,

Pur flambeau

Qui nous brille
Saint et beau,
La première,
Est poussière
Sous la pierre
Du tombeau.

Mais peut-être
L'homme, hélas!
De son être
Bientôt las,
Trouve l'heure
Qui le pleure
La meilleure
D'ici-bas.

Car ce monde
Oh! qu'est-il?
Un immonde
Lieu d'exil.

Faux et lâche,

Sa main tache,

Et nous cache

Un péril.

L'âme austère,

Sans lien

Sur la terre,

N'en veut rien,

Tendant, toute,

A la voûte,

Seule route

Du vrai bien.

Là, pour elle,

Plus de fiel

Qui se mêle

A son miel;

Plus d'alarmes,

Plus de larmes;

Tout est charmes
Dans le ciel.

Dieu t'y change,
Maintenant,
En jeune ange
Rayonnant,
Créature
Sans souillure,
Là, si pure
Revenant!

Prie, oh! prie
Le Seigneur,
O chérie
De mon cœur!
Pour que, vite,
Je mérite
Que m'abrite
Ton bonheur;

Car je pleure,

Plein de foi,

Après l'heure

Où je doi,

Oint du prêtre,

Cesser d'être,

Pour renaître

Près de toi.

AU BAL. — HORS LE BAL.

—

Vaste enceinte où les jours de splendide assemblée,
Quand la nature et l'art y versent leurs trésors,
On croit voir, en entrant, une riche vallée
Toute pleine de fleurs, de parfums et d'accords.

JOSEPH AUTRAN.

Et faible, sur la terre il reposait sa tête ;
Et la neige, en tombant, le couvrait à demi,
Lorsqu'une douce voix, à travers la tempête,
Vint reveiller l'enfant par le froid endormi.

ALEXANDRE GUIRAUD, (*Savoyardes.*)

I.

Ils m'ont dit: « Viens, le bal aujourd'hui nous appelle ;

« Veux-tu, pauvre insensé ! te désoler toujours,

« Et, jeune encore, au sein d'une douleur mortelle,

« Perdre ce qu'il te reste à compter de beaux jours ?

« Vois le ruisseau troublé sous des torrents de pluie;

« Vois l'arbuste odorant que la grêle meurtrit;

« Des airs pacifiés que l'orage s'enfuye,

« L'un redevient limpide et l'autre refleurit.

« Et parce que le Ciel, aussi, troubla ton onde,

« Que ta couronne, aussi, joncha le sol natal,

« Tu voudrais que ta vie agitée, inféconde,

« Arbre, n'eût plus de fleurs, ruisseau, plus de cristal!

« Viens! ainsi que l'aurore éclaircit un ciel sombre,

« Ainsi que le soleil de la nuit est vainqueur,

« Le bal éblouissant dissipera cette ombre

« Où tu laisses languir ta pensée et ton cœur. »

Et je leur répondais : « Vos instances sont vaines!

« Que vous connaissez mal mes secrets déplaisirs,

« Amis! si vous croyez que mon cœur de ses peines

« Puisse être, un seul instant, détruit par vos plaisirs.

« J'ai si long-temps vécu sous la nuit des tempêtes,

« Sans qu'une aube sereine illuminât mes cieux,

« Que je ne saurais plus du soleil de vos fêtes

« Soutenir les clartés trop vives pour mes yeux.

« Non ! partez seuls ; chacun doit marcher dans la voie

« Que Dieu sema pour lui de ronces ou de fleurs.

« A vous les voluptés, les festins et la joie;

« A moi l'isolement, la souffrance, les pleurs.

« Laissez-moi ! » — mais l'un d'eux, alors : « coupe ou calice,

« Tu videras le vase à tes lèvres offert,

« Tu viendras. » — Et son bras qui, sous le mien, se glisse,

Me subjugue, m'entraîne, et le bal m'est ouvert.

Un bal! me voilà donc dans un bal! quel dictame

A ma saignante plaie, est-il ici versé?

Quel doux rêve y prend-il, sur ses ailes, mon ame,

La berçant dans l'oubli d'un douloureux passé?

Pas une illusion dont je goûte les charmes!

Entouré de regards froids, distraits ou railleurs,

J'y sens mon cœur encor noyé de plus de larmes,

Plus triste, plus souffrant, plus isolé qu'ailleurs.

Le ruisseau, devenu torrent quand le ciel gronde,

S'il se jette, troublé, dans un lac calme et pur

Y coule encor long-temps sans que sa vague immonde

Se mêlant à ces flots en altère l'azur.

Ainsi de moi; je fends cette mer, je coudoie

Ces élus du bonheur, tout rayonnants d'orgueil;

Sans que mon air si triste ôte rien à leur joie,

Sans que leur gaîté folle ôte rien à mon deuil.

Je l'avoûrai pourtant, mon regard se promène,

Avec quelque plaisir, sur ces rangs gracieux

De vierges, frais boutons, dont la vivante chaîne

Se rompt, se noue, au gré du bal capricieux.

Ah! quelle est, devant moi, cette jeune inconnue,
Enfant toute bâtie et de gaze et de fleurs,
Qui semble, aux pas légers de sa danse ingénue,
Ainsi que tous les yeux attacher tous les cœurs?

Que de beauté, de grace et de fraîcheur en elle!
Et quel chagrin sur l'âme étendu sans retour,
Quelle profonde nuit, aux feux de sa prunelle,
Ne se dissiperait pour faire place au jour?

Moi-même, quel que soit le mal qui me déchire,
Qu'un doux regard me luise à travers ces cils d'or,
Que ces lèvres en fleurs me jettent un sourire,
Je sentirai mon cœur, sous ses deuils, battre encor.

Et que serait-ce donc si cette vierge pure
Pouvait, un jour, me dire, en me tendant la main :
« Viens! tu trouves la route et difficile et dure,
mon bras; nous ferons ensemble le chemin. »

2

Alors, toujours des fleurs embaumant les vallées,

Toujours, sur les rameaux, des rossignols chantants;

Alors, des jours sereins et des nuits étoilées,

Un ciel tout inondé d'amour et de printemps.

Enfant, oui, que par toi mon âme enfin renaisse;

Donne, épanche sur moi ce sourire adoré,

Ce regard virginal, ce rayon de jeunesse

Par qui mon avenir sera tout redoré.

Donne! Et je t'aimerai comme on aime les anges,

Et je te bâtirai, dans mon âme, un autel

Où vibreront pour toi d'éternelles louanges,

Se mêlant aux flots purs d'un encens immortel;

Et ton moindre désir sera ma loi suprême,

Et je ne vivrai plus que pour trouver en toi

Mon univers, mon ciel, tout jusqu'à mon dieu même,

Tout... mais quels sons lointains arrivent jusqu'à moi?

19

Une chanson qui meurt d'une plainte suivie!

Des sanglots se mêlant à de grossiers accords!

Un pauvre enfant qui souffre! oh! voilà bien la vie!

Ici, la folle joie, et les pleurs au-dehors.

II.

C'était lui, rassemblant un reste de courage :

« Oh! par pitié — dit-il — un coin de votre feu!

« Voyez, je suis encor tout petit; à mon âge

« On tient si peu de place, et l'on vit de si peu!

« Voulez-vous me laisser mourir sur cette pierre?

« Oh! grâce, et, chaque jour, aux pieds de l'Éternel,

« Pour vous, pour vos enfants, vous aurez la prière

« De moi, sur cette terre, et de ma mère, au Ciel.

2*

« Mais nul ne me répond ; j'appelle en vain ; personne

« Qui, touché de mon sort, daigne me secourir.

« Dieu , qu'on dit juste et bon, lui-même m'abandonne ;

« Moi qui l'aime et le prie, il me laisse mourir. »

— Et dans les pleurs s'éteint sa faible voix lassée. —

Pauvre enfant ! presque nu, sans secours, sans appui,

Et le vent tourbillonne, et la terre est glacée,

Et ces dalles encor sont moins froides que lui !

Enfant ! mais que viens-tu, par une nuit si sombre,

Seul, à travers la neige, et soufflant dans tes doigts,

Au pied de ce balcon qui rayonne dans l'ombre,

Répandre ainsi des pleurs et des chants à la fois ?

Là, le bal délirant, charme, enivre, transporte ;

Et qui songe, égaré dans ces vains tourbillons,

Que peut-être, un enfant meurt de faim, à la porte,

N'ayant, pour se couvrir, pas même des haillons ?

— Tu gémis, tu te plains, — mais ces cris que tu pousses,
Là-bas sont absorbés par mille cris joyeux.
Ta vielle, humble clavier qui chante par secousses,
Couvrira-t-elle aussi l'orchestre harmonieux?

Viens! suis mes pas; je sais un asile, où, j'espère,
A la paix, au bonheur bientôt tu renaîtras.
Dieu te fit orphelin; je puis te rendre un père :
Dieu me fit malheureux; tu me consoleras.

Car, vois-tu, dans ce monde inexplicable, étrange,
Dont la feinte pitié cache un rire moqueur,
Seule, une voix d'enfant peut, comme une voix d'ange,
Endormir saintement les tristesses du cœur.

Viens! tu t'efforceras de jeter quelques charmes
Sur mes pénibles jours voilés de tant d'ennui;
Et de ton pur regard tu sécheras mes larmes;
Et tu me tiendras lieu du bonheur qui m'a fui.

Et moi, j'enseignerai, le soir, à mon jeune hôte
Comme il doit en Dieu seul placer tout son bonheur,
Car la science est vaine, et l'ame la plus haute
Est-celle qui, le mieux, suit la loi du Seigneur.

Loi sublime! disant, par la voix de l'apôtre,
Au riche, au pauvre, unis par un étroit lien :
« Aimez-vous ; l'un se doit aux misères de l'autre.
« L'aumône est le trésor de celui qui n'a rien. »

Et, sans cette parole en mon ame jetée,
De ma raison si faible ayant le seul appui,
Sais-je, hélas! créature au mal toujours portée,
Si je pourrais au bien marcher comme aujourd'hui?

Sais-je, aux accents plaintifs d'une voix inconnue,
Si je serais venu, pauvre enfant! en ce lieu,
Couvrir de mon manteau ta froide épaule nue?
Non, non, ce que j'ai fait tu ne le dois qu'à Dieu.

À Dieu qui, pour sauver la jeune vie en sève,
De mes débiles mains a voulu se servir ;
À Dieu qui nous éprouve, et, d'un souffle, relève,
Quand il lui plaît, l'arbuste hélas ! prêt à périr.

Mais, vers mon doux foyer marchons, viens, suis ma trace,
Tous deux, par le Seigneur, à cette heure, éprouvés,
Là, nous le bénirons, là, nous lui rendrons grâce
De nous avoir ainsi, l'un par l'autre, sauvés.

Viens ! laissons à leur danse, à leurs vaines chimères,
Ces jeunes insensés, dans leur orgueil fatal,
Ignorant que l'on goûte à secourir ses frères
Un plaisir bien plus doux qu'à briller dans un bal.

Et bien plus insensés tous deux, toi, dont la plainte,
Pauvre enfant, quand le froid ici t'allait saisir,
En s'élevant si pure, hélas ! vers cette enceinte,
Crut réveiller l'aumône où règne le plaisir ;

Et moi surtout, chrétien sans vertu, vain poète,
Moi qui, déjà souillé de plus d'un fol écart,
Bravant encor le Ciel au milieu de leur fête,
Mendiais un sourire et quêtais un regard !

SONNET.

A MON AMI J. S.

> Quand on sème des fleurs il faut se résigner
> à la grêle et aux insectes.
>> Émile SOUVESTRE.

Ami! dois-tu venir à moi, les yeux en pleurs,

Parce que, sans pitié, sur ta guirlande aimée,

La critique porta sa dent envenimée ,

Et que de ses poisons elle souilla tes fleurs?

Es-tu donc à ce point ignorant de nos mœurs,

Enfant! ne sais-tu pas que toute renommée

Voit se dresser contre elle une meute enflammée

De jaloux, l'entourant d'aboyantes clameurs?

Le poëte, abreuvé de fiel durant sa vie,

Ne parvient qu'en mourant à désarmer l'envie ;

C'est alors que son nom resplendit glorieux ;

Flambeaux tardifs, ses vers ressemblent aux étoiles

Qui ne brillent, du soir diamantant les voiles,

Qu'après que le soleil a disparu des cieux.

PORTRAIT.

...... Mets ton cœur près du mien ,
Et, seuls à nous aimer, aimons-nous.....
(JOCELYN , *neuvième époque.*)

Pied mignon , peau blanche et fine

Comme hermine ,

Lèvre dont les bords vermeils

Laissent de perles jolies

Et polies

Entrevoir deux rangs pareils ,

Taille , comme un jonc qui plie ,

Assouplie , ,

OEil de la couleur des cieux

Dont scintille la prunelle ,

Tout en elle

Est pur, frais et gracieux.

Point de luxe qui la pare,

Il est rare

Qu'elle veuille se plier,

Même aux jours où l'on complette

Sa toilette,

A mettre un simple collier.

Pourquoi? s'est-elle avisée,

La rusée,

Que son cou blanc et poli,

Lorsque rien ne le décore,

Est encore,

Encore bien plus joli?

Non, non! elle est, je l'atteste,

Si modeste,

Qu'aux *Platanes*, frais séjour,

Où la ville, à flots, s'épanche,

Le dimanche,

Sitôt que s'enfuit le jour;

Qu'à la *Pépinière* verte,

Moins couverte

Mais plus fraîche encore aux yeux,

Où ses sveltes sœurs accourent

Et l'entourent

Parfois de cercles joyeux;

4

Que, dans toutes ces allées

Si peuplées,

Oh! c'est plaisir de la voir,

Quand chacun dit autour d'elle :

« Qu'elle est belle! »

Passer, sans en rien savoir.

Passer, la tête inclinée,

Étonnée

De ce bruit confus de voix,

De ces regards qui l'escortent

Et se portent

Sur elle, tous à la fois.

C'est qu'au sein de cette foule,

Flot qui roule

Et s'étend de toute part,

Elle ne cherche, asservie

Pour la vie,

Qu'une voix et qu'un regard;

Regard qui, d'une caresse,

Tient, d'ivresse,

Le sien de pleurs mi-baigné,

Regard de l'ami qu'elle aime,

Pour qui, même,

Un roi serait dédaigné.

Et puis, dès qu'un œil vers elle

Étincelle,

Si, trop prompte à se troubler,

Dans sa crainte intéressante,

L'innocente

Parfois se prend à trembler;

A trembler comme la feuille

Qu'on ne veuille

Alors d'elle s'approcher,

Pareille à la sensitive,

Fleur craintive

Qui fuit devant le toucher;

C'est qu'elle est, hélas! si frêle

Que, pour elle,

Soi-même on a peur, souvent,

D'une feuille qui voltige,

De sa tige

Tombée au souffle du vent;

Peur, d'un papillon qui passe

Dans l'espace,

Si, trompé par la couleur

De sa pure lèvre rose,

Il s'y pose,

La prenant pour une fleur;

Peur, alors que les feuillées

Sont mouillées,

Du plus léger diamant

Qu'un oiseau, dont l'aile joue,

Y secoue

Sur ce jeune front charmant.

Pourtant, que des sœurs chéries

Aux prairies

L'entraînent, un soir d'été,

Là, sur les pelouses molles,

Jeunes folles!

Luttant de légéreté;

Il faut la voir palpitante,

Haletante,

Poursuivre oiseaux effrayés,

Papillons et demoiselles,

Dont les ailes

Vont moins vîte que ses pieds.

Elle foule, si légère,

La fougère,

L'odorant tapis du sol,

Que pas une fleur touchée

N'est penchée,

Tant sa course semble un vol!

Alors, auprès d'une eau vive

Qu'elle arrive,

Et, peu faite à s'admirer,

Pas un regard de coquette

Qu'elle jette

Sur l'onde pour s'y mirer.

Et maintenant que, sans feinte,

Je l'ai peinte

Telle, amis! que je la vois,

Telle qu'avec ses compagnes,

Aux campagnes,

Vous la vîtes mille fois;

Dites si, peintre fidèle,

Du modèle

J'ai bien saisi chaque trait,

Si vous l'avez reconnue

L'ingénue

Dont j'achève le portrait...

Non! chaque amant qui m'écoute

Croit, sans doute,

Retrouver sous mon crayon

L'innocente jeune fille,

Fleur gentille

Qui s'entrouvre à son rayon;

Et j'ai peint une levrette

Qui, pauvrette,

Là, sur moi les yeux ouverts,

Se doute peu, je suppose,

Qu'elle pose

Maintenant, devant mes vers.

Adieu!

—

Que do morts, de débris, de chutes, de ruines!
Joseph AUTRAN.

Adieu! mot cruel qui résume,
A lui seul, toutes nos douleurs,
Toutes les heures d'amertume
Dont le souvenir nous consume,
Toutes les pertes de nos cœurs!

Mot déchirant, dès le jeune âge,
Hélas! tant de fois prononcé
Par l'homme, en son pélérinage!
Mot qu'on retrouve à chaque page
Lorsqu'on feuillette son passé!

3*

Car, dans ce monde, où nous accueille
Un bonheur de si peu d'instants,
Où chaque plaisir que l'on cueille
S'en va si vîte, feuille à feuille,
S'ajouter aux débris du temps,

Dans ce vain monde, où la tempête
Sitôt obscurcit un ciel bleu,
Ni rayon d'or sur notre tête,
Ni fleur sous nos pas, qui n'apprête
A l'ame un douloureux adieu.

Adieu! faut-il dire aux ivresses
D'un printemps qui fuit sans retour,
A la muse, aux enchanteresses
Qui nous brûlaient de leurs caresses,
A la gloire comme à l'amour.

Adieu! l'ame, ainsi ravagée,
Espère que, prenant pitié

Des maux dont elle est surchargée,
Dieu, près d'elle, pauvre affligée!
Va, du moins, laisser l'amitié;

L'amitié même est infidèle:
Les amis, au moindre revers,
S'envolent comme, à-tire-d'aile,
S'enfuit la frileuse hirondelle,
Au premier souffle des hivers;

Et si, malgré notre ciel sombre,
Malgré notre horizon tout noir,
De cœurs choisis un petit nombre
Nous reste encore, et dans notre ombre
Vient glisser un rayon d'espoir,

Où sont-ils bientôt?... l'un, voyage;
L'autre, au loin, mûrit sa raison;
L'autre, s'oublie en son village;
Celui-ci, fend l'onde; avant l'âge,
Celui-là dort sous le gazon.

Chacun d'eux a suivi sa pente,

Tous ont pris des chemins divers,

Filets séparés d'eau courante,

Par une route différente,

Roulant, tous, au gouffre des mers.

Et l'ame, en deuil, qui se désole

De voir comme bientôt, hélas !

Tout la délaisse, tout l'isole,

Comme rapidement s'envole

Tout bonheur qui nait ici-bas,

L'ame, alors, dans sa nuit profonde,

Attend que le regard de Dieu

D'un jour sans voile enfin l'inonde,

Impatiente, en ce vain monde,

D'exhaler son dernier adieu !